星降る森の波音

柊月めぐみ

詩集　星降る森の波音

森の呼び声

秋薔薇が咲いたら
あの森へ行こうよ
朝陽に揺れる高木の
あいだをぬける風が　暮れてゆく
秋をかたどって示すだろうから

森のひらけた窪地には
樹齢を尋ねたくなる木々が
真っ直ぐに聳えている
はるか上空で足のはやい季節が

ざわざわと葉を揺らして
冷えたひだまりにこだまする
薄れてゆく　あお
枝の先が細密画を描くのに備えて
きしりと幹は身を引き締めはじめる

たおれた大木は
屋外展示の造形として
空洞は
主人の去った窪みの残る寝床
骨組みだけの眠り

ぽとりとひとつ
虚《うろ》に木の実が落ちて

もうすぐこの辺りも　閉ざされる

よくお聞き
どんなに欲しくても
たわわに実る黒い蔓には
決して手を触れてはいけない
それきり森から戻ることはないだろうよ

秋薔薇が咲いたら
あの森へ行こうよ
朝陽に揺れる高木の
あいだをぬける風が　暮れてゆく
秋をかたどるだろう

目次

詩集　星降る森の波音

I

星の小夜曲

すとんと落ちた空のあと
ひそやかに連なる銀木犀が
月あかりを空にかえす
冷えはじめの空気がふりかえる
夏の一夜

喧噪の中に置き忘れた
マフラーとコート
ぬくもりの不在は

太古の原生林に探す
人慣れしていない野生種を脅かさぬよう
消え入りそうな豆電灯を携えて

光源一つなく
曇り空は天球型をしている
闇にひりつきだす瞳
過敏になった聴覚を
肉厚の古代植物がざわりとなぶる
ワイルドフラワーの赤い穂
刻み込まれた記憶が明滅して

ぶわりと熱く
森が揺れる

かすれた電灯が転がる
見つからないあの子を探して
見上げる木々の上

乳白色の輝く帯
あちらからあちらまで
まばゆくこぼれる
光の渦を駆ける
二匹のポインター犬
シトリン
アクアマリン
サファイア
かつての航海士のように
瞬く星と星をむすんで

控えめに翳るオパールが本物のしるし
南十字の森に響く
狩りの歌と舟歌が
星の子に聞かせる子守歌にとける頃合い

立冬すぎ

月あかりの晩は空が暗い
日ごと小さな瞬きを隠してゆく
敏感な秋がひそめるように

勝色の空は澄んで
一層あかるい
白鳥が羽ばたいていた時には
気にする人もいなかった
渡り鳥が去り

英雄たちが躍動を始める
冬の陣形

冷えた人の手がひとまわり薄くなる頃
柱時計の針は
ぐるりぐるり逆まわり
空は一気に
時を遡る
自転に疲れた人たちがふり仰ぐ
立冬すぎの天《そら》には
何かがあるのだろう

ため息一つ
その呼気で小動物が死ぬのだって

吸い込むよりも
出しきることの
したたかに生きる息を
引き受けるならばせめて
星の子が遊ぶように送り出したい

星のまたたきは
滴をうかべた瞳に似ている
屑とは呼べぬ一つ一つの色合いは
卵色のヴェイルで包みたい
彼方より
突きぬけてきたちいさな光

月の隠す夜に
青く白く赤く輝く
満天の星空のむこう

月精

放射冷却の空は里の景色を呼ぶ。青。蝮の棲む裏山の蛙は黄緑のぷるり。早春の朝は凍った空気を溶かすことからはじまる。霜柱のついた庭土を掬う。固さを増す手持ちシャベル。やわやわの朝陽が潤ませるようにしてできる冷たい泥ぐちゃ。土の匂いが鼻をくすぐる春芽の足取り。体験用の田んぼの案山子の、足元は微かに拍動している。

月の改まる晩のもったりとした静けさ。いつかひと連なりだった命は脚を得て陸《おか》にあがる、すぐに多くは夜空へ。無数の小さな心臓が鳴きはじめるはずの頃合い、押しよせる湿度が視力を奪って聞こえない。もどかしく白んだ空、低く包む鎮まりはざわめいて、夏の宵の飽和水蒸気に蠢く、気配。

仔猫の爪が西の空に作るひとすじの綻び、悪戯を見咎めた嗤い声が響くと仔猫は姿をくらます。忍び足。もっと遅い時刻、見つからぬように。夜ごとに光量を増すシャワー、玻璃の器、貴人たちも氷菓を食べただろうか。瞳孔の開いた明るい凝視が、重力を奪う。嗤うことも忘れた腹の膨れた声、慄いて震える。白い喉元を晒して見つめる視線の先に、満ちる月。

けた。
カタカタ。
ケラ　けららら

ひとつ。ふたつ、みっつ。
声がこえを招くそのわけも知らず
望月の精の宴は昼と夜が入れ替わるまで
それきりひたと止む約束

昨日と今日は全く別の一日
野うさぎも開いたあとは食さない
傾く月が静かに揺蕩って

けらけろん

Ⅱ

結婚報告

田植えやってみる？
誘われたのは新緑の美しい季節でした
祖父を訪れた山間によく似た伯母が笑う
今も手植えする場所があるという

隣家の鯉のぼりが逆さの青空に泳ぐ
帽子に手ぬぐいを巻いて顔も首も隠してゆく
おばあさんが教えてくれたのよ
その結び方を伯母に習う

初めて一緒にできると嬉しそうに語る
もう長いこと　ひとりで
伯母はとても小柄だ

ずぷり
端っこにそっと入る
コツは水面を走る忍者の身のこなし
とたんに置いていかれそうになる長靴
抜き足差し足には修業が必要だ
　　ずぷりずぷり
あがくほどめり込んでゆく
転ばないようにね
伯母は微笑んで見守るばかり

東京の人はいいわね、楽しそうで
水門を管理するおかみさんの言葉に
はい！　と応える
泥だらけの顔いっぱいの笑顔で
（それでよかっただろうか
　　ずぷりずぷり
うずもれてくる響きを思いだして
模範解答を反芻する

歩き渡った一列は
うねうねとよろめいている
ありがとう――
そこだけ不揃いな田を見渡した伯母の声が
やさしくなでて木魂する

北西の城

裏山の筍がいっぱい取れたで
今晩は筍ごはんだに
すっかり昔話の語り口になった
彼女の手料理は
高く帆翔する風の味がする

立派に生長した筍は
怪鳥の脚のような風貌
わずかな収穫の遅れは

竹の皮で蒸し焼きにする
舌を刺すえぐみを覚悟――

芯までしっとり蒸しあげられて
目をしばたかせて
次を頬張る
その手にかかれば
竹になってても食べられるかもしれない

母の筍ごはんが食べたい
夕闇に紛れるように
リュックに地下足袋姿で
校舎裏の竹林に姿を消した
たくましい友人を思う

集合住宅の排水管には流せない
山の幸はむずかしい
大鍋にたっぷりの水
灰を入れて煮るのよ
四ツ口コンロを自在に操りながら
日に焼けた頬に皺を寄せて笑う
厨房は彼女の城

灰汁は勝手口から裏の畑に
いい肥料になるもんでね
その足で泥付きの野菜を採ったら
外の水場でざぶざぶ洗う
鯉のぼりをあげるころに

最後の雪が消える
北西の水場が支える里山の味

栗姫

むせかえる花の香
どこでもない空は白く重い
バタークリームとの相性の良さは
氷菓や生菓子に似た夏の果物とは異質で
とけあう色彩が密に凝縮して
肥沃な土そのものだ
高台に住まう人には
ほんのり薄く甘やかに届いたのだろうか

素朴な色合いのモンブランは
難しい木の果の味
微粒子と脂肪の多いクリームの饗宴も
幼い味覚には複雑すぎたが
子供らの寝静まった夜更け
大人だけの秘密
濃厚な味わいをほんの一口だけ
大人になる日を心待ちにして
それきり幻の味わい

もっとも手仕事のくりきんとんは
お茶巾の絞りあとがやさしい
はかなく広がる風花
控えめな歌声でささやくわらべ歌は

いつまでも心地よく揺蕩っていたい
炊き上げた鍋肌の
おこげが香って

里の日が短くなるころ
こよなく愛した人を思いだす

Ⅲ

故郷

故郷よ
記憶の中にある　故郷よ
あの日
立ち去り難くひとめぐりした
小さなまち
たわんだ塀の中に棲まうべき人を待つ
売物件の看板
不格好な薔薇が
主人の不在を覆う

放射冷却の冬空や
濡れおちた石灰岩に
喜怒哀楽を燃やしていた頃
一本通りを隔てたすぐ近くに
いらしたのですね
ドアのない電話スタンドや
浅型のブーツが
今となっては懐かしいはずなのに
時を経たように思えないのは
どうしてでしょう

古びた回転木馬の馬車は
grngrn と振りまわされて

優雅さとは裏腹に胃の腑が粟立つ
漆黒の夜を駆ける
僅かな照明だけが妙に明るかった
透明の糸電話が山の端をつなぐ時
あなたも
風の精霊のささやきや
水の馬の駆ける音を聞いたのでしょうか

故郷よ
二度と帰ることのない　故郷よ
どうかこのまま
とどまってはくれないか
川は滔々と流れ下ったのだ
凍りついた翼を溶かした晩

夢も解けたのだと承知してはいるが
緑の迷路で迷子になった
あの日のまま

再生

現代の技術で贋みだされる前近代的手法、前世紀の狂信者に模した表紙絵、検閲を嘲笑う違反すれすれの歌が聞こえる。確かに在った家庭からの略奪、侵略者の悪夢を祓うには足りない、不要家電を送りつける応酬、よく考えたとは言えないね、した り顔の咳払いが皮肉る。

人と歴史が交錯する旧市街、タペストリーのような建物が広場を囲む、老舗ホテル、レストラン、ペストリー・シードのケーキ。文様や白の塗り壁は不自然に新しく美しい、装飾の華やかさは馴染みの薄い宗教を思いださせる。破壊し尽くされた街はひと欠片まで再現された。

人はどこに行ったのかと問えば、髭をたくわえた深い皺の一団を横目に「チムニー」と応える、上手い返しが見つからない。眉間に皺を寄せ眼をギョロつかせる、横分けにした白黒写真は末期の亡者に酷似している。笑えないものすら笑い飛ばして、断絶に架ける橋は炎上寸前のジョークしかありえないらしかった。

悲しみを見せない陽気な人たち、異国風の名を付けた宮殿を見る眼には暗い影があり、語調には棘があった。憎悪は理性ではないと言った老人の言葉を思いだす。裏切られたご先祖様の悲憤は彼自身のものではない、今でも敵地の人は丸ごと受け入れられない。

連鎖する。引き継がれる記憶。繰り返される歴史。どこかで。放出する怒り。憎しみを手放すための。そうして生きている自分を赦す。そうして進み続ける世界と折り合いをつける。そうして歳取ることのない不在と無常を引き受ける。現在進行形の私事のせめぎ合い。

絵描きの少女は無表情のまま、ガラス玉の瞳ばかりが美しい。最初の日、家を描き家族を描き愛犬を描き友人を描き、それから乱雑に黒で塗りつぶした。次の日、再び家を描き家族を描き愛犬を描き友人を描き、それから几帳面に黒で塗りつぶした。三日目、家を描き家族を描き愛犬を描き友人を描き、それから徹底的に黒で塗りつぶしたそのあとに、黄色や赤の光彩が付け加えられた。

同じ絵、同じ闇だけが造られてゆく、決まって最後に破る一連の動作、ただ精巧な人形が漂泊する世界。何日も引き裂いたあとの静寂。子音連結の促す春の萌芽。瓦礫を覆う雪がとける、所々酷く花の咲く場所は、大抵小さな築山か何かで、林檎の花が微かな香りを手向ける。

誰からともなく千切った絵を持ち寄る。黒赤黄緑青紫。描かざるを得なかった誰もが、色を持ち寄る。無数のひと欠片でモザイク画に仕立てる。累々と黒い土に、ふり注ぐ太陽の花を植える。あの日引き裂かれた日々を埋葬する。あの日打ち砕かれた日常を再生する。一粒の種を思うその限り。

青空

雛人形を飾り無病息災を希う
細面のさきには黄金のみのり
おだやかな希望は平安に満ち
緊迫に満ちたいのりをこめて
春の花が震えるのを見つめる

しのび寄る嵐に心を寄せず
人型を流してこなかったからだろうか

春ですよ
葉牡丹がすっと首を伸ばしてゆき
そっくりの菜の花が咲く
春ですよ
あちらの黄色は真似たようなハハコグサ
ビオラは可憐な自信に満ち満ちて
いっぱいの笑顔でチューリップに寄り添う
春ですよ

蒲公英は花開く
星をひろげたように
いっせいに群れなして照り映える
ふわふわと風に乗り着地した
去年の旅を思いやる

蒲公英は夢見る
大きくなったら
向日葵になれるのじゃないかしら
雑草と呼ばれ
そのくせ摘まれれば
すぐに萎れてしまうけれど
いつか重く頭を垂らし
じりじりと白と黒の種を太らせるのだ

種を蒔こう
陽だまりの花時計や
歓声の駆ける回路となるように
切り花にも一輪　室に灯る光となるように

風のように手渡しに行けないのなら
空を照らしかえす花を
いつか帰り来る場所に咲かせ続けよう
たてがみの花の願いとともに

Ⅳ

産科病棟の夜

会ったこともない女たちが
手を取り合って産屋を目指す
満月の前夜は
ざわめきに満ちている

出立を決めるのは小さないのち
少し静かに眠っている
あるいは大騒ぎしている
それは十分に育った証拠

さあ　もういつでも

はち切れそうな腹に乗せて
重そうに小休止する母
昨日までの喧騒を離れて
聖母子像の空気を纏う
ぱしゃりと爆ぜる一瞬の衝撃
熟れた果肉は滴るように緩みはじめる

深夜の仄暗い廊下は
蠢きに満ちて明滅する
眠らない新生児の泣き声
あやし疲れた母の吐息
泥のような束の間の寝息

この世の空気を呼吸しに
生まれておいで
明るいほうへ

波のような痛みが陣痛室を襲い
医療用ベッドの柵を握り締める
まだ始まったばかりの苦しみが
次第に鈍く鋭く引き裂いてゆく
骨を押し開く計り知れない重み

産みだすこと一点に全てを捧ぐ
自我を手ばなす覚悟が定まれば
何も恐れず何も痛みは感じない

授乳室は開かれた社交場
若い母たちは休みなく
小さな鼓動と向き合い
生きる術を体得する
今晩だけは
授乳の助けを求めても
産みだす人の洩らす絶え間ない呻きが低く届き
そしてひと際大きな叫びが響きわたる

一日違いの我が子の出生を
もうずっと遠いことのように見守る
ようやく現れた助産師は
赤く染まった防護服を身に着けたまま
困り果てた母を力強く励まし

足早に分娩室へと戻っていく

授乳中に呼吸の止まった早産児が
すぐさまＮＩＣＵへ運び込まれるのを
為す術なく見送る母たち
ぼんやりと心拍センサーの音を聞きながら
ここがいのちの現場であることを
確かに認識する

搾乳

青白い女たちが機械につながる
小部屋の片隅で
涙を流しながら
おそるおそる
不思議な光景へ加わる戸惑いを
ほえんほえん
小部屋にひろがる抑揚のない催促が
打ち消してにじむ
心地よさと少しの　なにか

それは神話でもなければ
嗜好の問題でもない
足りないのだ
どうしても必要な
生存のための仕組みが

小刻みな秒針のカウントダウン
寝静まった夜の薄暗がりに
夜明け前の牛舎を思いながら
ひとりポンプを握る
とくとくと小瓶を満たしてゆく　白
片手に収まるだけの
そのわずかがつなぐ

頬のぬくもり

血液は鮮度が命
コツコツと貯めるそばから
廃棄する
厳密な消費期限を前に
、よぎる罪悪感に耳を塞ぐ
夜ごと切り出した液体は
生きる者からのバトン

きみよ
生きよ
腹の底から泣いて笑って

そうだ　おなかがすいた

たずさえる手の

意地を張って
振りほどく力が強くなった
威勢良く叫ぶのに
すぐに小さくなる声
ふるえる拳を握り返す
帰り途

得意ではなかった
母も父も

陽気な祖父母も
何の気なしに見える友も
俯きながら踏み出した　一歩

他意のない眼差し
全方向からの緊張
その一瞬に耐えるくらいなら
積み木の城を積み上げて
窓辺でひとり
挿絵の美しい絵本を読んでいたい
築山に歓声が上がる
窓ごしに見おくる
いつもそこにあった揺籃

どうして木々は
こんなに
騒めくのだろう

つま先で砂に円を描いたら
風にゆだねて
おずおずと歩めよ
膨れ上がる気持ちを
その手に
たずさえる手の
誘《いざな》う景色のその先へ

生存競争のための異質物処理

赤茶けた土埃が眼を傷め
北風はいつも冷たかった
春になっても
かじかんだ指先が傷む
ぶ厚く着込んだ重ね着は
屈託なく笑うワンピースが羨ましくて
上手く生きることは難しかった

きっと今でも

飼育小屋にいるのは兎か鶏か論争であったり
おかわりの量があの子の分だけ多かったとか少なかったとか
またある時は
教室の向かいのお手洗いに行くのに誘わなかったとか
一大事の連続

Iちゃんはひ弱だから、守ってあげなきゃ可哀想。Aちゃんはおしめちゃんのくせに、生意気なこと言うから仲間に入れてあげない。少し前までひ弱なおしめちゃんだった者たちが、進んで粗野であることを競う。春の悦びが意地悪に威張るのを、曖昧な無関心で見送っていたあの頃。

気まぐれな南風が
窓を押し除けてゆく

ぶわりぶわり
まだ色の薄い落葉樹を
いたぶり抜ける
春の暖気
悪びれぬ塊は薄くけぶって
黄色のランドセルカバーを困らせている

そうして飛び出した
新芽の赤が十分にくすむ頃には
鍵盤ハーモニカもリコーダーも
ずっと昔からそうしていたような顔をしているといい

V

対話

ぎこちない鋭さや運筆の
止めたり撥ねたり祓ったりが
かさかさと揺さぶる
植物だったころの記憶
ざらりと厚手の和紙に
緩やかなペンがじゅわりとにじむ

——と吸い込んでゆく間合いは
表面張力からのスローモーション

諫めるのは
平坦ではない思い
したためる
時間の流れの遅さが
見つけ出した余白に潜り込んでゆく

縦書きの便箋は
年の離れた彼女の置き土産
使い残りは裏紙にでもしてよと
引き際の美しい方だった

罫線の太さや
鉛筆で引いたような波形が
急ぎすぎる風潮を固辞する

作り出された文字は
行儀よく取り澄まして
世界の創造を錯覚させる
書き出した文字は
削り跡だらけの木札に似て
朱い手を差し伸べたくなる

その潔さが打ち捨てられぬよう
ぎこちない鋭さや運筆の
止めたり撥ねたり祓ったりを守って
鈍《なまく》らな言葉の腐臭を脱ぎ捨てる

芙蓉石の来歴

大変お世話になりました
差し出された艶やかな布張りの小箱は
ズシリと重い
海の向こうの堆積を匿う

留め金を外し　蓋を開ける
絹の覆いのさらに下
石柱は恭しく横たわる
複雑な彫刻が施された頭部

雲のたなびきの混じる紅い石
手彫りの粋が軸や印面をかたどり
眠りから呼び醒まされた龍は
滑らかに手に収まる時を待っている

蔵書印にしたらいいじゃない
ありがたいアイディアに生返事を投げる
転がすために作られた印璽が
刻まれた名の人に
惜しみない力を与えていた時代を思う

手の内ににぎにぎを繰り返し
脳をのしていく
石が手を眼を肩を解《ほぐ》してゆく

小さな掌をめいっぱい拡げて
転げ落ちないように二つの玉を回した
ふるい記憶

印章を捺すべき人たちも
サイのように握りしめて
決断に悩んだことがあったかもしれない
迷うことの多い私に
どこか似たところがあったかもしれない
角のまるく擦り減った
硝子戸の中の玉印
手を伝う桃色の蓮花

まっさらな和紙を前に

じっくりと朱を馴染ませ
印を押し当ててゆく瞬間《とき》
一つながりになって飛翔する
私と印と紙と

初めての押印ができあがる

松煙の聲

天水を垂らす
陸《おか》に浮く蜃気楼の水場に
黒光りする石が
逆さに世界を映す

滑らかな石は
水捌けのよい火山の湖面に似ている
早筆の模糊とした薄墨は
置き去りにされた迷子の不安

押し寄せる沈黙とむきあう時間は
発色のよい墨滴の気楽さに
忘れていた過ごし方

仕上がりは黒であらねばならぬと
思い定めてきたのはなぜだろう
にじみ掠れ一つない
精密な黒い線は印刷技術に任せておけばよい
一様に漆黒である必要もなく
松の精が解けてゆくのにゆだねる

静かに立てた墨を動かす
石を擦る音だけが規則正しく時を刻む
乾いた墨が水にひろがってゆく

マーブル

解き放たれる香りが
うるむたびに呼吸を整え
一面に満ちる

照りを感じる一瞬まで
たゆみなく継続する撫でる手つき
邪気のない幼子の面もちで
磨ることだけにむきあい
雑念も懸念も振りほどいてゆく

わずかの余白にひろがる
にじみや掠れに
赤松だったころの音色《おと》が聞こえる

作陶

死んだら何になるのかと問うと
ただかえるだけと答えたひとは
どこをさまよっているのだろう

埋められない虚《うろ》を晒して
ないことはあることだと
失われた臓器が訴えている

たたいても叩いても

泥粘土はびくともしない
冷たい土の塊は静かに待っている
身をよじり　くねらせながら
全身を預けるその時を

火が土を舐め
鉱物がとける
幼体がとける
服が燃え肉が消え
白く焼きあがったひとに似て
壺はかろやかに美しい

星を撒き
細密な彫りを施し

完成することのない造形を
抱きくるむために

Ⅵ

和菓子争議

現代和菓子王者決定戦のお題は
落雁に決定しました

なぜお干菓子なのでしょう
賞味期限とは無縁の砂糖を押し固めて
可愛らしく微笑んだかと思えば
ほろほろとくずおれて溶け去る
実に頼りない粉の塊に過ぎないものを

お茶には主菓子と相場が決まっている
見た目にも鮮やかな練り切りの職人芸
四季折々の生きうつしは
その日限りの緊迫感
これこそが粋を凝らした伝統美

和菓子といえば棹物に限ります
ぎゅっと詰まった濃厚な味わい
人数に応じられる柔軟さも兼ね備え
他の甘味とは格の高さが違うのです
中でも大粒の和栗の載った栗蒸羊羹

親しみやすい味わいといえば
クリーム大福にバター入り白餡のお饅頭

すぐにおなかの減る子供や
洋菓子派の方にも人気なの
売れ筋ランキングではいつも上位

甘いものばかりも面白くありませんから
おかきも控えて御座います
磯海苔小巻に昆布醤油
吹き寄せはあとひきなんで
へえ　どうぞご贔屓に

和菓子屋のショーケースで
続く議論など誰が知るだろう
いらっしゃいませ
今日は何になさいますか

フランツ先生への抗議

耳慣れたメロディーは甘美だ
忘れがたい熱情は
誰しも耳にしたことがあるだろう
季節のたびに誰かが選ぶ
調子はずれのピアノが訴える
溢れんばかりの舞台装置
思いのままに迸らせる手口は
真夏のチョコレートよりも厚かましい
自信満々に

ためらいや抵抗を追いやって
即興の自己愛に酔い痴れるとは
ナルキッソスも真っ青だ　愚か者よ

白鳥が飛来する突然
レダに一体何ができただろう

君の拒絶に興味はない
愛しい人は幾度でも賛美して
僕の白で
優し気な顔を塗りつぶして
僕の凮で
緩やかな服を巻き上げて
熱狂の嵐に比べれば

物思いなど朝霧のようなもの

私はレダの妹
湖上に映る月を眺めて
ひとり夢想していたのです
突然やって来て騒ぎ立てるなんて
興覚めもいいところです
静かに吹いて寄こす夜風か
清けく投げかける月の光のように
もっと秘めやかな愁いを
お願いできませんか
フランツ先生

七化けコーヒー

コーヒーはブラックと決めている。深煎りの艶は幾許かの雑味すら焼き飛ばした真っ直ぐさ。軽やかな酸味を溶け合わすミルクはないから、重みのある苦味が嬉しい。フルボディの赤ワインが寒い日の肉料理を支えるように思い出深いアントルメは前を向く強さを求める。ハンドドリップの新鮮な泡は賢女の黒髪に似て

カフェを頼む。本当はエスプレッソではない深煎りブラックで冷えた身体を暖めたい、か細い東洋人の娘を見た彼は、端正な所作で冷たいミルクをほんの少し別添えで差し出した。底冷えの晩を

思い出しながら熱々のカップに垂らした冷たい牛乳が弧を描きながら吸い込まれるのを見つめる。燻りだけがわずかに崩された味はカフェオレとも違うコク、ごくりと飲む

蠟細工の花が崩れる、路肩の雪はか細い日差しに譲り渡す気はない。岩壁。氷室から僅かに流れる水。濡れた舗道を慎重に歩いて、飛び込む店の香り高い湿り気。漆黒に淹れたブラックに脂肪分の多い生クリームをたっぷりのせる。簡単には混じり合わない冬と春、厳寒の夜は細氷が降る。去年より早い流氷、極の近くで崩落する氷河の音

慶事に相応しい金箔の酒精。ワインやカクテルは主語のある構文の正義、アイスバーンの日は氷柱の下がる暖かな小屋で曖昧に過ごしたい。まるく掬ったバニラの香りが脳をなだめる、今日一番

のダブルエスプレッソが滑る、雪煙の大回転が気化する。立ち昇ろうとする記憶はアフォガートに溶かして留飲を下げる。気まぐれな和声は等身大の大人だけの愉しみ

お節介なホットミルクは苦手だ。細やかに頰を膨らまして冷え性の客を温めようと腐心する。強すぎる母性が引き起こす甘ったるい胸焼け。洒落込んだスチームミルクに溺れるカフェラテ、本当のところ甘さが足りていない。つんと澄ましたアイスブラックにアイスミルクを注ぐ。カフェラテとカフェオレの違いが一瞬過る。並立のための黄金比を死守する、シロップは要らない

写真写りの良いカフェドリンク。カプチーノと見まがうカフェモカは極上に甘い。丁寧に温めたココア、北風の吹くカフェを少し、生クリームを大さじ二杯。星の軌跡のチョコレートと蜂蜜シロッ

プ、ムースケーキを頬張るように。異なる存在として受容する。取り巻きにかしずかれて一世を風靡する、ひとつ季節を彩る、本当のあなたは寂しがりやなのを知ってる

飲み物には糖分を入れたくない。せっかちな甘味が人見知りの苦みを置き去りにするから。寒の戻った日は鵯がせわしく鳴く。菓を前に安全と食事を気にする、柿はもうないので珈琲豆と砂糖を塀に置く。デミタスカップに限界まで砂糖を溶かす、熱々のエスプレッソを啜る、じゃりじゃりと音を立てて噛む。この食感。どうとでもなれる身だからできること

縄

はれ着にはじけるよろこびが
ほがらかにくすぐる
厳粛な感動
ぎこちない口上を巡らす自負は
あどけなく善良な面持ちをしている
尽きることのない好奇心が
別れを簡潔なものにする

仕事鞄と五キロの米

推定五キロ以上の食材
三キロ分の珈琲豆は半返し
缶入りの茶葉と葡萄酒一瓶は新生活のために
暑さも重さも苦にならないということ
半々と確かめ合った約束でも
閉店一時間前の到着を逆算する

使い慣れた浸透印と引き換えに
真新しい象牙印を手にする
あらゆる理想像に応えたいのは健気？
小さなローテーブルを囲む食卓
よく知る人の知らない顔を知っていく営みは
素顔の自分の歪《いびつ》に向き合うこと
少し疲れて眠たい鳥たちの家

長い船旅のはじまり
憧れは守るべき基準　また基準
適度な運動とバランスの良い食事
柑橘のアロマが醒ます白昼夢
踵の低い靴に履き替えて歌う
視線の先には水平線がある

歌声は幼生のためのもの
クリオネはじきに
突き破るようにして出る
寄港地のこと　旅路の計画
問い正すのは何の正義？
身一つに纏わりつく視線

羽二重に伸びる手
揺れる水の記憶と
確かに私を同期させれば
海はもう狂おうとはしない

海を割り川を引き裂き
生暖かい潮水が氾濫する
繰り広げられる自然
寝食を忘れる濃密
そうして新しい生きものが生まれ
非日常は日常になる

月のない晩は決まって骨が緩む
ぞわり、とひろがるにぶい痛み

まるで感覚のない身体は
理不尽な摂理の結果
ひどく青ざめ痺れている
そうだ招き入れたのはこの私だ、けれど

一すじの灯りが欲しい
景色を覆う靄をはらう　ひかりが
ほどけぬ結びは
当たり前の変奏ではないのだから
どうしても

カレイドスコープ

まぶしい初夏の花を
隙間なく詰め込んで
透明のルーレットを回す
どこまでもひろがる
花時計の白昼夢

流れる景色に言葉がとける
遠心力に身をゆだねて
残像が眩暈を起こすまで

回転木馬に乗り続ける
あなたと私

流れ去る景色を見たくて
押しとどめるようにもう一度
おわりのない世界の反射が
明る過ぎて怖くなる
砂の上の蜃気楼

こちらから窺う
あちらからも覗いている
見つめ返す眼差しにどきりとする
微細な立ち居振る舞いまで
あべこべのあまのじゃくが

向かい合う
顔　顔
見慣れたはずの顔が
視線だけで訴えるのは
知らない問いだった

笑いが作る風紋を
敏感にうつしとる
閉じ込められた貴石と砂子の
折り重なる　一瞬
次の瞬間もうすっかり他所事の
鏡の奥に棲む
知らない私の
知らない顔を

視界の限り見つめて
過ぎて知る別人の顔

Ⅶ

見知らぬものを知れ

例えば
成果を求められなかったり
ただ微笑んでいることや
見ず知らずの誰かに罵られても
声音に笑みを浮かべてなだめることも
全ての行いに尊厳がある

見えることは
この世にあることのほんの一部

華やかに見える輝きの影
ひっそりと息づく小さきものの営み
今日一日の歩みは
都合よく
無かったことにしてしまえるほど
無力ではない

成果を上げよう
効果を計ろう
目に見える形で
最大多数の幸福を形にする
それもまた一計だが

昼間の月は光らない

太陽が沈み
入れ替わって輝きだしてなお
日のあたらない横顔は伺い知れない
探し物は
明るいところにあるとは限らない
それどころか
暗くて狭いところに
縮こまっているに違いない

目を閉じて
耳を澄ましてごらん
目に見えるものを消してしまえば
装飾など無意味だ
そうだっただろう?

哀しきリア王よ
欲望に眩んだ眼を閉じれば
真実が立ちあがる

波の音が聴きたい

ねぇ。波の音がしない？
この町に海なんてないよ
でも聞こえる
揺蕩い、揺りかえし、練り上げる混沌の低周波——
ほら、爆ぜる音。

暴れ馬を白く走らせる水面
たっぷりと養分を含む暗緑色は
ひどく塩辛い

きらきらと光る黒砂を巻いて
一面を覆うさくら貝の白骨
空を映す透明の凪は
なお塩辛い
からからと鳴る白砂を踏んで

理由がある、そんな時は
サンドイッチ箱にカレーを入れた人の強さを思う。

子供部屋の壁を空色に塗るように、執拗なまでにあらゆる物を虹色に染め上げてゆく。これといって主張があるわけではない、誰に遠慮することもなく、困惑する視線を気に留めることもない。物みな全てのはじまりを、可視化され得ない成り立ちを、捉えることのできない不思議を解きほぐしたい。赤や紫の外には何があるかと、鮮やかに塗り分けた身体が幼子の眼差しで探求する。

理由がない、そんな時は
稲穂を揺らす波の腰の張りを思って綱引きをする。

誇らしげに船団の旗が翻る
海路を守る船首像が見つめる
波濤
漆黒の海に光の帯を延べる
赤銅の朝焼けが告げる
今日

突き上げる潮の

渦を横に
〃聞こえないその旋律は一層心地よく
韻律よりも甘やかな調べを奏でる〃

＊　J.Keats　*Ode on a Grecian Urn* からの想起による

リリース

ぽつりと一軒
荒れ野に建つ小屋
名も知れぬ花が小さく咲き
ほんのいっとき
ゆるんだ季節
そして冬

死んだものだけが語る
風の聲

通りぬけていった人たちのことを
遠く思いながら
これが最後の食事だと知る
硬さを増した石窯パン
澱の浮く一杯の葡萄酒
塩胡椒だけの肉が少し
それだけの

実りの頃の収穫
花の頃の手入れ
種蒔き土づくりは
いかほどだったか

戸口を閉め
粗いラグを敷き
訪れる人のない時に備える
沈黙
板囲いの向こうに番う獣の息づかい
だけが今を刻む
生きるものの厳かな晩

さあ、もうお行き
傷ついた野生を放す

ここがお前の場所
荒れ野に海原
生きてご覧

地図のない世界を
ふりかえり――、
振り返りしてあとは一目散に
誰も知らぬその場所で

*

猫のナカミ

僕と妹は
輝く羽根が自慢のシルバータビー
かなり大きくなるまで
お客の来ないペットショップにいた
背中が天井に届きそうになったころ
妹が見知らぬおじさんに連れられて行った
僕はひとりになった
時々顔を見に来る女の人は
なかなか僕を連れて行ってくれない

もうすぐ赤ちゃんがうまれるらしかった

ある日気づくとしかし
僕はママになったその人の家にいた
マカロンと名付けられたが
なぜかオニイチャンと呼ばれた
先住猫たちが不思議そうに僕を見ていた

やがて小さな女の子と仲良くなった
遊ぶ時も寝る時も一緒
リュックにもぐって登園も一緒
夏の車も冬の飛行機も一緒に旅をした
落書きされて洗濯屋さんに泊まった時はひとりだった

そう　僕はあらゆる猫のナカミ
すっかり擦れて寝て過ごすことも増えたが
荒ぶる風との戯れに疲れたら
心を冷やす眼差しに頽《くずお》れそうになったら
僕を抱きしめてね
君の哀しみは全部
虹のむこうの天使に託すから

Brother the Cat

My sister and I were silver tabbies,
So proud of our shiny wings.
We were in a pet shop with hardly any visitors
Until we were just a little too big.
When we had much less space to move around in,
My sister was taken by an unknown man.
I was left - alone.
A woman with a big tummy often came to see me,
But she didn't take me home.
She looked like a mum-to-be.

One day, however...
I realised I was in her flat, and she was already a mum.
She named me Macaroon,
But she called me Big Brother, for some reason.
The other cats looked at me curiously.

Soon I became friends with a little girl.
Playing and sleeping; Always together.
Going to the nursery, too; Me, in her backpack.
Travelling together; by car in summer, plane in winter.
I was alone only when I had to stay at the laundry
To get her graffitti washed off from my body.

Yes, I am every cat's soul.
Though I'm so worn out, and in bed longer now,
When You're tired of playing with the wild wind...
When You're falling apart from the chilling gaze...
I want You to hold me close.
I ask the Angel to take all your sorrows
To the place beyond the rainbow.

あとがき

詩を書きはじめて三十年余り。ひとりでそっと友達だった時間が長く、書くこと表現することから、全く離れていた期間もありました。

遠まわりだったかもしれません。ずっと一心に続けていたら、と思うこともあれど、それは現在からみた幻に過ぎません。

本が大好きな子どもの頃。それなりにおしゃべりだったけれど、話すよりも書いて表現するほうが、なおしっくりくると感じていました。詩に造詣の深い先生から、哲学的な問いに満ちた詩の授業を通年で受けたことが、詩を書いていこうと思った大きなきっかけでした。

学生時代から一転、社会人の洗礼を浴び、一人の勤労生活者として自立する間――仕事で求められる成果をあげること、母や妻や娘として目の前のこと、生きることに集中すること。違う時間を生きてきたこと、ライフステージが変わってもいくつもの顔を持てることは、代えがたい経験として私をかたち作り、言葉の源になっているように感じます。

詩は生きることと密接に繋がっているようです。古くなじみ深い作品より、自ずと近作を中心に据えることになりました。森の上に輝く星、濃い雲間に一瞬見えたのは満天の星空と南十字。森の中にわけ入る座標となる景色が、女神像のように導いてくれました。旅の仕方は違っても、波音のひびく森がいつかたどり着く場所となりますように。

いつも的確な助言をくださる詩と思想研究会の中井ひさ子先生、花潜幸先生はじめ参加詩人の皆さん。詩人の青木由弥子さんには詩集をまとめることへのアドバイスを、園イオさんには英詩への翻訳に意見をいただきました。そして、装幀の高島鯉水子さん、丁寧なアドバイスと激励で初めての詩集制作を支えてくださった高木祐子社主に心より御礼申し上げます。

二〇二三年まだまだ暑い秋の晩に

柊月めぐみ

★初出一覧

栗姫　第31回岐阜県文芸祭　詩部門　佳作（岐阜県文芸祭作品集掲載）を改作

再生　『詩と思想詩人集　２０２２』掲載

青空　「Pot3」　２０２２詩と思想研究会アンソロジー掲載を改作

産科病棟の夜　第30回詩と思想新人賞入選（「詩と思想」二〇二一年十二月号掲載）を改作

搾乳　「詩と思想」二〇二三年四月号特集「現代詩の新鋭」掲載

対話　「詩と思想」二〇二二年八月号投稿欄入選を改作

和菓子争議　「詩と思想」二〇二二年十月号投稿欄入選

フランツ先生への抗議　「詩と思想」二〇二二年九月号投稿欄佳作を改作

七化けコーヒー　季刊「Recipe」2022 Winter set 掲載

縄　詩誌「La Vague」Vol0 掲載

見しらぬものを知れ　「詩と思想」二〇二一年十二月号掲載

波の音が聴きたい　『詩と思想詩人集　２０２３』掲載

猫のナカミ　「ココア共和国」二〇二〇年十一月　電子版掲載

＊その他は未発表

著者略歴

柊月めぐみ（ひづき・めぐみ）

詩誌「La Vague」「Recipe」同人

詩集 星降《ほしふ》る森《もり》の波音《なみおと》

発　行　二〇二三年十二月五日

著　者　柊月めぐみ
装　幀　高島鯉水子
発行者　高木祐子
発行所　土曜美術社出版販売
〒162-0813　東京都新宿区東五軒町三―一〇
電　話　〇三―五二二九―〇七三〇
FAX　〇三―五二二九―〇七三二
振　替　〇〇一六〇―九―七五六九〇九
印刷・製本　モリモト印刷

ISBN978-4-8120-2812-4　C0092